i Marcia Wernick - ffrind, asiant ac eilun i mi,
sy'n gwybod yn iawn i ba gyfeiriad i'm harwain

E. C. K.

I Staci, na ofynnodd am Carwyn, ond sy'n ei garu yr un fath yn union

H. B. L.

Cyhoeddwyd gyntaf ym Mhrydain yn 2004 gan Walker Books Ltd,
87 Vauxhall Walk, Llundain SE11 5HJ dan y teitl *My Penguin Osbert*.

ISBN 184323 716 4
ISBN-13 9781843237167

ⓗ y testun: Elizabeth Cody Kimmel © 2004
ⓗ y lluniau: H. B. Lewis © 2004
ⓗ y testun Cymraeg: Sioned Lleinau © 2006

Dymuna'r cyhoeddwyr gydnabod cymorth Adrannau Cyngor Llyfrau Cymru.

Argraffwyd yn China

www.gomer.co.uk

Carwyn
Fy Mhengwin i

Elizabeth Cody Kimmel

lluniau
H. B. Lewis

addasiad
Sioned Lleinau

Gomer

Eleni, roeddwn i'n gwybod yn iawn beth i ofyn amdano gan Santa Clos.

Ry'n ni wedi cael ambell anffawd yn y gorffennol.
Er enghraifft, y llynedd, fe ofynnais i am gar rasio
mynd-fel-y-gwynt o liw coch-injan-dân gyda tho haul,
a mellten wen yn addurno'r ochrau. A chwarae teg,
fe ddaeth e ag un i fi.

Un deg centimedr o hyd.

A'r flwyddyn cynt, roeddwn i bron â thorri 'mol eisiau trampolîn. Gan nad oeddwn i'n siŵr iawn sut i sillafu'r gair, dyma fi'n cynnwys rhyw fath o ddisgrifiad o'r hyn yr oeddwn i'n dymuno'i gael.

Cefais ffon bogo gan Santa y flwyddyn honno.

Felly, eleni, fe fues i'n ofalus iawn, iawn. Ysgrifennais lythyr hir at Santa gan ddweud wrtho mod i eisiau fy mhengwin anwes fy hun. Nid tegan meddal o bengwin, ond un go iawn, o'r Antarctig.

Fe ddywedais wrtho y dylai fod yn bengwin tri deg centimedr o daldra, yn ddu a gwyn gyda phig melyn, ac mai Carwyn fyddai ei enw. Dyma fi'n cynnwys llun ohono hefyd.

Rhoddais stampiau ychwanegol ar yr amlen a phostio'r llythyr fis cyfan yn gynnar.

Wedyn, dyma aros.

Ifan

Mr. Santa Clos
Pegwn y Gogledd

Fi oedd y cyntaf i lawr
y grisiau fore Nadolig.

A dyna lle roedd e!

Roedd e'n ddu a gwyn gyda
phig melyn, ac yn union
dri deg centimedr o daldra.
Gallai symud
　　ac anadlu
　　　　a phopeth!

O gwmpas ei wddf roedd
nodyn ac arno'r geiriau:

Hwrê i Santa Clos!

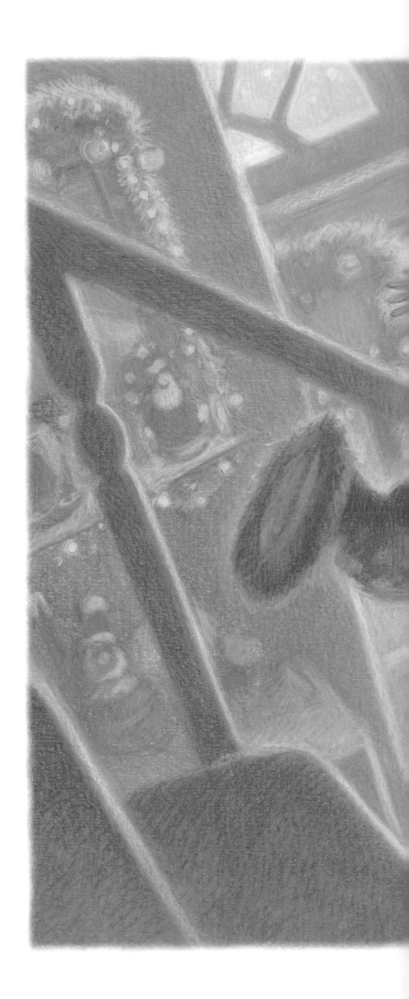

Roeddwn i'n awyddus i Carwyn ǵwrdd â phawb.
Roeddwn i am fynd aǵ e i'm hystafell wely.
Hefyd, roeddwn i am aǵor fy anrheǵion eraill.

Ond roedd Carwyn eisiau mynd allan i chwarae.

Roedd hi'n eitha oer y tu allan, ac ychydiǵ bach
yn wyntoǵ. Roedd yr eira'n drwch ar lawr, a'r
haul yn cuddio'n rhywle.

Ond fi oedd wedi ǵofyn am Carwyn, a
'mhenǵwin i oedd e nawr.

Felly dyma ni'n mynd allan.

Dyma ni'n chwarae llithro drwy'r iglŵ.

Dyma ni'n gwneud peli eira a phengwins eira.

A dyma ni'n esgus dianc rhag y morloi mawr cas.

Roedd Carwyn eisiau mynd i nofio, ond roedd yn rhaid i fi egluro nad oedd hynny'n bosibl. Felly buon ni'n canu rhai o'n hoff ganeuon pengwin yn lle hynny.

Y noson honno, roeddwn i wedi blino ac yn barod i fynd i'r gwely'n gynnar. Ond roedd Carwyn eisiau bath.

Dyma fe'n llanw'r bath reit i'r top ac i mewn â ni. Casglodd Carwyn bentwr o ddarnau o sebon a'u gosod fel mynyddoedd iâ ar wyneb y dŵr.

Cyn bo hir, roedd fy mysedd fel rhai hen ddyn, ac roedd fy nghroen yn cosi o achos yr holl sebon.

Ond fi oedd wedi gofyn am Carwyn, a 'mhengwin i oedd e nawr.

Ac roedd Carwyn wrth ei fodd yn chwarae mewn bath oer.

Wedyn, fe ddywedodd Mam y gallwn gael UNRHYW BETH o gwbwl i frecwast.

Dyma gau fy llygaid a dychmygu mynydd o grempog siocled poeth, yn driog aur i gyd, a phlatiaid anferth o selsig wedi ffrio a llond jwg o sudd mango ffres.

Ond dyw Carwyn ddim yn hoffi bwyd seimllyd, na bwyd poeth, na bwyd melys hyd yn oed.

Dewis Carwyn i frecwast oedd pysgod oer a jam gwymon.

Felly dyna beth gawson ni.

Wedi brecwast, fy nhro i
oedd cymoni'r tŷ. Felly dyma
fi'n golchi'r llestri cyn mynd
i fyny i'r llofft i dacluso fy
stafell wely.

Erbyn i mi ddod 'nôl lawr
i'r gegin, gwelais fod Carwyn
wedi bod yn brysur hefyd.
Roedd e wedi llwyddo i greu
pentref iâ allan o bibonwy,
bwyd rhew a thybiau o hufen
iâ o'r rhewgell.

A nawr roedd y *cyfan* yn
toddi.

Wrth gwrs, fedrai Carwyn
ddim dal cadach gyda'i
adenydd fflat.

Felly dyma fi'n clirio'r llanast
ar fy mhen fy hun.

Y prynhawn hwnnw, pan oedd Carwyn yn
ġwylio sianel y tywydd ar deledu lloeren, es i ati
i ysġrifennu llythyr arall at Santa'n dawel bach:

Annwyl Santa,

Sut hwyl sydd arnoch chi a Mrs Clos erbyn
hyn? Ry'n ni'n iawn. Diolch am Carwyn, y
pengwin hyfryd. Ry'n ni'n mwynhau ambell fath
oer gyda'n gilydd ac yn bwyta pysgod a jam
gwymon i frecwast. Rwy'n dechrau arfer â
threulio'r diwrnod cyfan yn yr eira.
Newyddion da, nid llosg eira oedd arna i
wedi'r cwbwl!

      Eich ffrind,
        Ifan.

O.N. Un peth arall, Santa. Os oes hiraeth
arnoch chi acw am Carwyn, rwy'n ddigon
bodlon i'w gyfnewid am anrheg arall.

A thra bod Carwyn wrthi'n claddu ei hun mewn
ġwlân cotwm, dyma fi'n sleifio allan i bostio'r
llythyr.

Ddiwrnod neu ddau wedyn, deffrais i weld parsel ar waelod y gwely. Roedd arno nodyn a'm henw i arno, wedi ei arwyddo gan

Santa

Yn y bocs roedd siwmper goch gynnes a dau docyn i agoriad swyddogol Byd yr Antarctig yn y sw.

Wedi i Carwyn orffen gwneud siâp pysgodyn o'r papur pacio, roedd e ar dân eisiau mynd yno ar unwaith. Doedd e ddim eisiau mynd ar y bws. Roedd hi'n dipyn o daith i'r sw, ond fi oedd wedi gofyn am Carwyn, a 'mhengwin i oedd e nawr.

Felly dyma ni'n cerdded yno.

Unwaith i ni ġyrraedd Byd yr Antarctiġ, fe aeth Carwyn yn syth i Balas y Penġwins.

Yno roedd anferth o fryn, yn eira i ġyd, a llithren fawr yn disġyn o'r copa i bwll dŵr enfawr ar y ġwaelod. Roedd yno luniau morloi ar y muriau. Roedd hyd yn oed mynyddoedd iâ ġo iawn i'w ġweld ar wyneb y dŵr.

Wedyn, dyma ddrws yn aġor yn y mur ac fe ddaeth dyn i fwydo'r penġwins i ġyd.

Pan ddaeth hi'n amser cau, dywedais wrth Carwyn ei bod hi'n bryd i ni fynd adre.

Dyma fe'n llusgo draw ata i. Gallwn weld ei fod wrth ei fodd yn y Palas Pengwins. Roedd y lle'n ddelfrydol iddo.

Carwyn oedd yr anrheg Nadolig perffaith cyntaf erioed i Santa ei roi i mi. Fi oedd wedi gofyn am Carwyn, a chefais yr union beth yn anrheg.

Ond roedd angen llithren iâ a morloi a digon o bysgod ar Carwyn. Felly dyma fi'n gofyn iddo a fyddai'n well ganddo fyw yn y Palas Pengwins. Syllodd yn syth i'm llygaid cyn nodio'i ben.

Mae hi braidd yn unig adref nawr heb Carwyn. Ac mae fy siwmper newydd yn crafu fy ngwddw dipyn bach, reit o dan fy ngên.

Ddydd Sadwrn nesa, mae pob plentyn yn cael mynd yn rhad ac am ddim i Fyd yr Antarctig. Does gen i ddim digon o arian i dalu am y bws, ond rwy'n gwybod sut mae cerdded yno. Fe wisga i fy siwmper goch er mwyn i Carwyn fedru fy adnabod i.

A dim ond un mis ar ddeg sydd tan y Nadolig nesa!

Rwy wedi meddwl yn galed, ac yn gwybod yn iawn pa anrheg dw i eisiau.

Rwy'n siŵr na fydd un hofrennydd bach
yn dod â fi i ormod o drwbwl!